le Livre au Mont-Vérité.

collection éperluette

LES HÉROS NE MEURENT JAMAIS, de Dupuy & Berberian.
MOINS D'UN QUART DE SECONDE POUR VIVRE, de Lewis Trondheim & J.C. Menu.
SUNNYMOON, TU ES MALADE, de Blutch.
ADIEU MÉLANCOLIE, de Goossens.
ÉLOGE DE LA POUSSIÈRE, de Baudoin.
BILLET SVP, de Killoffer.
CONTE DÉMONIAQUE, d'Aristophane.
TERRAINS VAGUES, de Baudoin.
VERTE CAMPAGNE, de Thiriet.
IVAN MORVE, de Mattt Konture.
L'ASCENSION DU HAUT-MAL, Volumes 1, 2, 3, 4 & 5 de David B.
PIXY, de Max Andersson.
LE BON ENDROIT, de Vincent Vanoli.
LE PORTRAIT, de Baudoin.
LE PAYS DES TROIS SOURIRES, de Lewis Trondheim
L'ASSOCIATION EN ÉGYPTE, de Golo, Baudoin, David B & J.C. Menu.
LAMORT & CIE, de Max Andersson.
VARLOT SOLDAT, de Daeninckx & Tardi.
ALINE ET LES AUTRES, de Guy Delisle.
GNOGNOTTES, de J.C. Menu.
L'ASSOCIATION AU MEXIQUE, de Goblet, Vanoli, Sury & ott.
L'AN 01, de Gébé.
MORMOL, de Sardon.
L'AFFAIRE MADAME PAUL, de Julie Doucet.
POLITIQUE ÉTRANGÈRE, de Lewis Trondheim & Jochen Gerner.
UNE PLUME POUR CLOVIS, de Gébé.
ALBERT ET LES AUTRES, de Guy Delisle.
INCERTAIN SILENCE, de François Ayroles.

le Livre au Mont-Vérité.

J-c menu.

L'Association

Table des Matières.

1. Craques au Mont-Vérité.
(1993) in "Le retour de dieu"
(histoires graphiques / Autrement, janvier 1994).

2. l'Heure du Loutrier.
(1995 - in Jade n°1, septembre 1995).

3. Repentirs & Panses repues.
(1997 - in Mune n°6 / Lapin n°17 - octobre 1997).
redessiné février 2002.

4. Nunc est Bibendum.
(1998 - in Lapin n°20, juillet 1998).

5. Krach au Mont-Vérité.
(1998-99 - in Mune n°7 / Lapin n°23, avril 1999).

6. Crash au Mont-Vérité.
(février 2002).

La Vie Quotidienne au Mont-Vérité.
1 & 2 : Lapin n°19, avril 1998.
3 : février 2002.

à Zab.

Merci à Henri Dougier & à Autrement.
Merci à Thierry Groensteen.

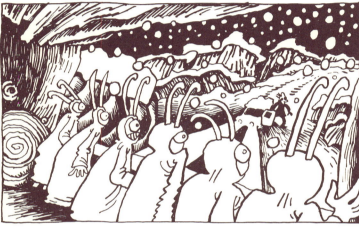

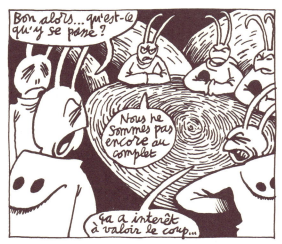

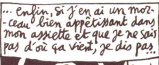

Du Même Auteur :

MEDER
(Futuropolis, 1988)

MOINS D'UN QUART DE SECONDE POUR VIVRE
(avec Lewis Trondheim, L'Association, 1991)

DINOZOR APOKALIPS
(Collection Patte de mouche, L'Association, 1991)

OMELETTE
(Collection Patte de mouche, L'Association, 1995)

LIVRET DE PHAMILLE
(L'Association, 1995)

LA PRÉSIDENTE
(avec Blutch, in «Noire est la Terre», Autrement, 1996)

HATSHEPSOUT BLUES
(in «L'Association en Égypte», L'Association, 1998)

GNOGNOTTES
(L'Association, 1999)

DONJON - LE GÉANT QUI PLEURE
(avec Joann Sfar & Lewis Trondheim, Delcourt, 2001)

& *Trente-Troisième volume
de la Collection Éperluette,*
LE LIVRE DU MONT-VÉRITÉ,
*de Jean-Christophe Menu,
a été achevé d'imprimer
en mars 2002*

sur les presses de l'imprimerie Lienhart à Aubenas.
Dépôt légal premier trimestre 2002.
ISBN 2-84414-088-2.
© L'Association, 16 rue de la Pierre Levée,
75011 Paris, France. Tél. 01 43 55 85 87,
Fax 01 43 55 86 21.